Das ist die Nachtigall, sie singt

Eine Versammlung der Vögel
einberufen von Elisabeth Borchers
im Insel Verlag

Insel-Bücherei Nr. 1250

DIE MITWIRKENDEN

Adler, Nachtigall, Albatros, Tukan, Kolibri,
Papagei, Kondor, Bäckervogel, Atajacamino,
Araukanische Felsentaube,
Loica, Chingolo, Flamingo, Quetzalvogel, Taube,
Kanarienvogel, Spatz, Schwalbe, Kuckuck, Kranich,
Elster, Bachstelze, Eisvogel, Eskimovogel, Haubentaucher,
Eule, Vogel Fëng, Reiher, Wasservogel, Sperling,
Vogel der Nacht, Philomele, Alle Vögel, alle, Amsel, Drossel,
Fink, Star, Lerche, Rabe, Habicht, zwei Vöglein,
Falke, Vogelgeister, Pfau.

Mensch Vogel und Fisch

Ob wir aus Vögeln wurden
Laufvögeln die
Nur selten noch ihre Flügel
Ausbreiteten oder uns aus dem Meer
Stachlige Robben hinauf den Strand gewälzt
Gierig nach einer Stimme
Nach Aufrechtgang –

Eines Tages schlug einer von uns
Den anderen tot.
Eines Tages erfanden wir
Paradiesesmärchen
Erklärten uns gegenseitig
Unsere Schuld unser Elend
Hoben die Arme ohnmächtige Flügel zum Himmel
Weinten meersalzige Tränen.

MARIE LUISE KASCHNITZ

Die Vögel erscheinen

Alles war Flug auf unserer Erde.
Die Kardinäle, Tropfen Blut
und Federn gleich, saugten
aus dem Morgendämmern von Anáhuac das Blut.

Der Tukan war ein bezauberndes
Kästchen glasierter Früchte,
der Kolibri bewahrte des Blitzes
ursprüngliche Funken,
und seine winzigen Flackerfeuer
brannten in der unbeweglichen Luft.

Wie Barren grünen Goldes,
frisch der zähen Masse
der überschwemmten Sümpfe entstiegen,
füllten die prächtigen Papageien
des Laubwerks Unergründlichkeit;
und aus ihren kreisrunden Augen
blickte metallgelb ein Ring,
alt wie Erzgestein.

Alle Adler des Himmels
nährten ihr blutges Geschlecht
im unbewohnten Blau,
und auf Raubtierschwingen
flog über der Welt
der Kondor, König der Mörder,
des Himmels einsiedlerischer Mönch,
schwarzer Talisman des Schnees,
der Falkenbeize Orkan.

Die Baukunst des Bäckervogels
erschuf aus duftendem Lehm
kleine klingende Bühnen,
auf denen er singend auftrat.
Der Atajacaminos stieß
am Rande der Wasserhöhlen
seinen feuchten Schrei aus.
Die araukanische Felsentaube baute
rauhe Nester aus Gestrüpp,
in die sie das königliche Geschenk
ihrer bläulich schimmernden Eier legte.

Die Loica des antarktischen Südens, des Herbstes
zartduftende süße Tischlerin,
wies ihre mit scharlachroten
Himmelszeichen bestirnte Brust,
und der australe Chingolo erhob
seine Flöte, eben noch
in die Wasserewigkeit getaucht.

Der Flamingo aber, feucht wie
eine Seerose, spannte seine
rosenroten Kathedralenflügel auf
und flog wie die Morgenröte
weit fort vom drückendheißen Wald,
dorthin, wo des Quetzalvogels Geschmeide
hängt, der, plötzlich erwacht,
sich regt, davonschlüpft und funkelt
und seine unberührte Glut aufstieben läßt.

Fliegt ein meerhafter Berg
zu den Inseln, ein Mond
von Vögeln, die gen Süden ziehn
auf die vom Dünger gärenden Inseln
Perus.
Ein lebender Schattenstrom ist's,
ein Komet aus kleinen
zahllosen Herzen,
die, hinwogend zum Archipel,
wie ein Himmelsgestirn mit dichtem Schweif
die Weltensonne verdunkeln.

Und dort, wo die zornergrimmte See
endet, im Regen des Ozeans,
schwingen des Albatros Flügel auf,
wie zwei Organe aus Salz,
die in der Stille
zwischen den reißenden Böen
mit ihrer weitgespannten Hierarchie
der Einsamkeiten Ordnung errichten.

PABLO NERUDA

Aquila heißt ein Adler. Und Augustinus sagt, daß er der edelste Vogel und ein König aller Vögel sei. Er ist ein großer Räuber und lebt nur von Fleisch. Er hat sehr kräftige und scharfe Augen, so daß er die Sonne in ihrer ganzen Helligkeit ansehen kann. Deshalb sitzt er gern der Sonne zugewandt. Der Adler hat die Gewohnheit, daß er mit den Krallen seine Jungen zur Sonne hin aufhängt. Welches dann die Sonne unverwandt ansieht, das behält er als einen trefflichen Vogel seines Geschlechts und ernährt es. Welches aber die Augen von der Sonne abwendet, das wirft er als ein unedles Kind fort.

Adelinus sagt, wenn dem Adler sein Alter beschwerlich wird, dann hält er nach einer sehr kalten Quelle Ausschau und fliegt über der Quelle über alle Wolken hinauf. Dann wird die Dunkelheit seiner Augen von der Sonnenhitze verzehrt.* Danach läßt er sich in seinem erhitzten Zustand sofort in die vorher ausfindig gemachte Quelle fallen und taucht dreimal darin unter. Dann fliegt er zu seinem Nest mitten zwischen seine starken Jungen, die jetzt schon gut jagen können, und mausert sich dann, genauso wie in der Zeit des kühlen Zustands zwischen der Hitze und der Kälte bei einem Fieber. Dann füttern und ernähren ihn die Jungen in dem Nest, bis er seine Federn erneuert und wiedergewinnt.

Wenn ihm der Schnabel zu lang wird, daß er seine Nahrung nicht mehr gut damit ergreifen kann, dann schlägt er ihn an einen Stein und reibt ihn daran und kürzt die Krümmung seines Schnabels, bis er gerade wird. Die Jungen des Adlers bleiben in dem Nest, ohne zu wimmern oder zu schreien.

Jacobus sagt, daß der Adler einen Stein in seinem Nest habe, der Echites oder Gagates** heißt. Der hat im Inneren noch einen Stein. Den Stein hat er gegen die große Hitze in sich. Hätte er den Stein nicht, so würden seine Eier infolge der großen Hitze im

Nest gebraten. Andere Gelehrte sagen, daß der Adler zwei Steine in seinem Nest habe, die Nides heißen, und er ohne deren Wirkkraft nicht brüten könne.

Der Adler teilt den anderen Vögeln seine Beute mit. Aber die Gäste sollten sich vor dem Wirt in acht nehmen, denn hat er nicht genug, wenn der Fang verzehrt ist, dann greift er die Gäste an und frißt sie. Die Krähe folgt dem Adler bisweilen, und wenn er das auch lange duldet, so ergreift er sie schließlich mit seinen Krallen.

Plinius sagt, wenn man Adlerfedern mit den Federn anderer Vögel vermische, so würden sie dadurch von Natur aus erzürnt und fräßen die auf und duldeten ihre Gesellschaft nicht. Aber das glaube ich nicht.

Der rechte Fuß des Adlers ist größer als der linke. Er setzt seine Jungen auf seine Schultern und lehrt sie fliegen.

Alle edlen Vögel erschrecken, wenn sie den Adler sehen, und getrauen sich nicht, am Tag zu jagen, denn sie verläßt ihr Mut, mit Ausnahme des Greiffalken; der fängt den Adler. Alexander sagt, daß der Adler mit seinem kaiserlichen Ruf den Flug anderer Vögel behindere.

Wenn er einen Tag fastet, so holt er das an dem anderen Tag mit viel Fressen wieder auf. Gamaliel sagt, daß der Adler seine Kinder mit viel Sorgfalt das Fliegen lehre. Wenn er Nachstellungen durch Jäger befürchtet, dann trägt er seine Jungen auf dem Rücken fort und bringt so seinen Körper zwischen die Jungen und den Jäger, damit er, falls es notwendig werde, den Schuß vor seinen Kindern wie ein Schild abfange.

KONRAD VON MEGENBERG

* Dann wird die Dunkelheit seiner Augen verzehrt – Gemeint ist, daß seine Sehkraft wiederhergestellt wird

** Echites oder Gagates – Gagat bzw. schwarzer Bernstein

Vogel Albatross

O Wunder! Fliegt er noch?
Er steigt empor und seine Flügel ruhn!
Was hebt und trägt ihn doch?
Was ist ihm Ziel und Zug und Zügel nun?

Er flog zu höchst – nun hebt
Der Himmel selbst den siegreich Fliegenden:
Nun ruht er still und schwebt,
Den Sieg vergessend und den Siegenden.

Gleich Stern und Ewigkeit
Lebt er in Höhn jetzt, die das Leben flieht,
Mitleidig selbst dem Neid –:
Und hoch flog, wer ihn auch nur schweben sieht!

O Vogel Albatross!
Zur Höhe treibt's mit ew'gem Triebe mich!
Ich dachte dein: da floss
Mir Thrän' um Thräne – ja, ich liebe dich!

FRIEDRICH NIETZSCHE

. . .
und die Taube aus Blut, die einsam in meiner Stirne lebt,
entschwundene Dinge beschwörend, entschwundene Wesen,
Substanzen, seltsam untrennbar und verloren.

PABLO NERUDA

Du singst in deiner Sprache, die die Vögel erfindet.
Der Himmel in seinem goldenen Käfig,
wie ein nachdenklicher Kanarienvogel,
hört zu.

Du erneuerst die Meere
mit deiner zarten Sprache aus zögernden Wolken,
mit deiner Kabbala von Unschuld.

PABLO NERUDA

Sagt, Vogelgeister,
unsichtbare,
auch wohnend in goldenem
Haargebüsch,
Dank den Lilien,
tut es an meiner Statt.

Und sagt, die ungeträumten
habe ich
wann geträumt?

Und es sind Jahre,
tausende vorbei,
daß ich es wagen will
(weil ich den Mut verlor),
ein Schwarm von Bienen zu sein,
der sie umarmt.

Sie selber,
duftend zumal in der Nacht,
ihr Weißes
darf niemand sein.

ERNST MEISTER

(Er hatte in der Stadt Paris
den Spatzeneid geschworn,
kein Giftkorn blieb unaufgepickt,
kein Dorn ging je verlorn.

Er hatte in der Stadt Paris
getschilpt vor jedem Tor.
Was sich nie auftat, fliegt jetzt auf,
tschilpt ihm das Jenseits vor.)

PAUL CELAN

Eremitisch

Sinds Vögel der Sternenbahn, sinds
Wesen in schönerem Blut: Abgewandt,
Gewiegt von der Sphäre – so kehren sie heimwärts,
Spiralen dem Berg, der Blindem erwuchs,
Und hören auf Wasser im Fels.

Um formen sie das bittre Brot
Zur leichtesten Speise, steigern aus Lichtrest
Sich Trank – tönend, erstorben der Stunde
Wie einmal der Engel, der loht
Am Fuße all des Erschaffnen.

Wisse:

Wenn ihre Schwinge verwebt in Atem den Ruf,
Ablöst den ersteren Himmel –
Ersieht sich, was Erde, fällt
Die am Irrhang gezüchtete Frucht
Hinab vor die Halde Zeit –

Endet im Kreis auch der Fisch: Zeuge am Anfang,
Teilt er sein Auge, daß jäher der Strahl
Pulse zur Blüte im Salz, die
Aushaucht des Meeres Stimme –

Daß höher sie flügeln,
Singen die schwärzeste Beere und künden
die Goldblume jenseits des Tores,
Das tagt wie im Aug der Kristall.

JOCHEN WINTER

Ich glaube,
daß die Liebenden gerechterweise
in die Luft fliegen
und immer geflogen sind.
Da mögen sie vielleicht
unter die Sternbilder
versetzt worden sein.

INGEBORG BACHMANN

Mein Vogel

Was auch geschieht: die verheerte Welt
sinkt in die Dämmerung zurück,
einen Schlaftrunk halten ihr die Wälder bereit,
und vom Turm, den der Wächter verließ,
blicken ruhig und stet die Augen der Eule herab.

Was auch geschieht: du weißt deine Zeit,
mein Vogel, nimmst deinen Schleier
und fliegst durch den Nebel zu mir.

Wir äugen im Dunstkreis, den das Gelichter bewohnt.
Du folgst meinem Wink, stößt hinaus
und wirbelst Gefieder und Fell –

Mein eisgrauer Schultergenoß, meine Waffe,
mit jener Feder besteckt, meiner einzigen Waffe!
Mein einziger Schmuck: Schleier und Feder von dir.

Wenn auch im Nadeltanz unterm Baum
die Haut mir brennt
und der hüfthohe Strauch
mich mit würzigen Blättern versucht,
wenn meine Locke züngelt,
sich wiegt und nach Feuchte verzehrt,
stürzt mir der Sterne Schutt
doch genau auf das Haar.

Wenn ich vom Rauch behelmt
wieder weiß, was geschieht,
mein Vogel, mein Beistand des Nachts,

wenn ich befeuert bin in der Nacht,
knistert's im dunklen Bestand,
und ich schlage den Funken aus mir.

Wenn ich befeuert bleib wie ich bin
und vom Feuer geliebt,
bis das Harz aus den Stämmen tritt,
auf die Wunden träufelt und warm
die Erde verspinnt,
(und wenn du mein Herz auch ausraubst des Nachts,
mein Vogel auf Glauben und mein Vogel auf Treu!)
rückt jene Warte ins Licht,
die du, besänftigt,
in herrlicher Ruhe erfliegst –
was auch geschieht.

INGEBORG BACHMANN

Zum Kuckuck

Mit seinem Mittagslicht
und seinen Spiegelungen

mit einem Haubentaucher,
der sein Bild darin findet

mit dem, was noch nicht geschehen,
aber schon anwesend ist

mit seinem Ufer
der See, der uns bemerkt hat –

unser Auge, das ihn aufnimmt,
welch eine Werkstatt.

WALTER HELMUT FRITZ

Als die Eule
zur Welt geflogen kam
sah sie die Schrecken.

Es war Mittag
die Stunde der Blindheit.

Auch die Schrecken
von gestern
und morgen.

ELISABETH BORCHERS

Grabgedicht

Der frohe Vogel singt so nah
Als hätt er was zu sagen.
Nun fliegt er fort, nun ist er da.
Er will es uns nicht sagen.

ELISABETH BORCHERS

Alter Sänger

Was mußtest du zurückschaun –
du wußtest,
wer hinter dir herging
und was auf dem Spiel stand.

Aber die Stille, die lungenlose.
Die versteinerten Fragen
in der lichtlosen Unzeit.
Eine Hand hat sich vom Arm gelöst.

Da kamen Schwalben geflogen,
die flogen nach Haus,
da war ein nie gehörter Ton
unter den Klangfarben des Schattenlands,

da irrte dein Blick und traf
ihre nicht mehr erreichbaren Augen
im menschenleeren Gesicht,
und sie zerging an eines anderen Hand.

KLAUS REICHERT

Wie die zierlichen Schwalben sich rüsten
Zum Fluge nach wärmeren Küsten!
Ich schau ihrem Schwarme nach
Und rüttle an meinem Gitter.
Kommt heim ihr im Lenzgewitter,
Baut, Vögel, an meinem Dach
Und sagt, was ihr draußen vernommen:
Will die Freiheit noch immer nicht kommen?

RICARDA HUCH

Fragt' beim Kuckuck an, dem Weisen,
Wieviel Jahre ich noch hab'?
Tannenwipfel nicken leise,
Gelber Lichtschein fällt herab ...

Nicht ein Laut. Im Busch und Strauch
Regt sich's nicht. Ich gehe lieber ...
Sanft umschmeichelt kühler Hauch
Meine Stirne, heiß im Fieber.

ANNA ACHMATOWA

auf drahtlosem Weg

wie Vogelruf, undicht und lechzen, nicht
wirklich erfahrbar, lechzend leck, Risz,
der Wasser durchläszt / löse
mich auf . . zergehe . . schmelze . .
verhallende Stimme, am Morgen, der schadhafte
Wasserhahn, Gebrauch
der Sprache, durchlässig, leck
und rissig wenn man die Worte nicht mehr
verhalten kann, rissig auch
der Mensch modulierend allzu
vertraulich, vermutlich
auch mit der Sippe von Lache

FRIEDERIKE MAYRÖCKER

Der Große Lübbe-See

Kraniche, Vogelzüge,
deren ich mich entsinne,
das Gerüst des trigonometrischen Punkts.

Hier fiel es mich an,
vor der dunklen Wand des hügeligen Gegenufers,
der Beginn der Einsamkeit,
ein Lidschlag, ein Auge,
das man ein zweites Mal nicht ertrüge,
das Taubenauge mit sanftem Vorwurf,
als das Messer die Halsader durchschnitt,
der Beginn der Einsamkeit,
hier ohne Boote und Brücken,
das Schilf der Verzweiflung,
der trigonometrische Punkt,
Abmessung im Nichts,
während die Vogelzüge sich entfalten,
Septembertag ohne Wind,
güldene Heiterkeit, die davonfliegt,
auf Kranichflügeln, spurlos.

GÜNTER EICH

In anderen Sprachen

Wenn der Elsternflug mich befragte,
das Wippen der Bachstelze,
in allen Jahrhunderten vor meiner Geburt,
wenn das Stumme mich fragte,
gab mein Ohr ihm die Antwort.

Heute erinnert mich
der Blick aus dem Fenster.
Ich denke in die Dämmerung,
wo die Antwort auffliegt,
Federn bewegt,
im Ohr sich die Frage rührt.

Während mein Hauch sich noch müht,
das Ungeschiedne zu nennen,
hat mich das Wiesengrün übersetzt
und die Dämmerung denkt mich.

GÜNTER EICH

Der Eisvogel
ist nicht eisweiß oder eisgrau,
sondern bunt. Wie die Antike.

Er sitzt,
lasurblau, himmelblau, tiefgrün,
weißrot, orange,
auf einem leicht gebogenen Zweig
überm nicht ganz gefrorenen Wasser
und wartet.

Geduld und Schönheit.
Er ist selten geworden.

DIETER HOFFMANN

Kleiner toter Vogel

Eine Decke trauert,
über den Käfig
den toten Vogels geworfen.

Sonst eine Tischdecke,
auf der gegessen wird
Wein und Brot
und allerliebstes Obst.

Er ist gestorben,
flog nicht auf
im Leben.
Sein junges Gesicht
war sehr alt.
Er brauchte die Krallen
nur um auf den Zweigen zu sitzen.

Wie kann man fliegen sagen,
wenn einer aus dem Nest
geworfen wird,
dem Haus, der Schule, dem Beruf.

Der kleine Vogel
ist jetzt tot.
Er wird begraben.

DIETER HOFFMANN

finnischer wintervorrat

der mythos des wasservogels. Davon
gestirn und kontinent. Die imaginierten netze. Meer-
landahnung & ernten unterm eis. Im wasserausgespannten
ein zugeborgenes des hungers & eingeschwiegen
die stille der schneewindkörper. [FELLSCHUH
NEBEL]. Ins nacktgeschliffene *bläulicht* die
klingenhaut der weißen
wörter notiere ich

»Schnee & sacht am laut

kristall«. 10 ausdrücke für ihren *Schnee*
hätten die Samen. Davon nehme ich das schneien
und setze über in den winter *das ebenmaß des mondes &*

die melancholie der erdenschaft

JOSÉ F. A. OLIVER

Tauben im Regen

Meine Füße die viel gegangen sind,
meine Füße zwei Tauben
die jede Nacht
das Nest deiner Hände suchten,
meine Kinderfüße.

Die du weggewiesen hast,
sie sitzen im Regen
vor deiner Tür,
aneinander geschmiegt,
zwei Tauben im Regen,

meine Kinderfüße.

HILDE DOMIN

Eskimovogel

Oft,
wenn ich einschlafe,
fühle ich unter mir
den schwankenden Abflug
des großen Eskimovogels,
der wie ein zögerndes Flugzeug
seinen Kurs sucht.

Ich liege auf seinem Rücken
zwischen den Flügeln,
aber du,
ein vielgestaltiges Tier,
sitzt auf dem Schwanz des Vogels
und fliegst mit,
über mich gebeugt,
und mein Atem
entkommt dir nicht.

HILDE DOMIN

Seiner Hochwürden Hu vom Huang-Schan angeboten Mit der Bitte um seine beiden weißen Kraniche

Mit zwei weißen Edelsteinen möchte ich deine beiden weißen Kraniche kaufen.
Die weißen Kraniche sind weiß und glänzend wie Brokat, und selbst der weiße Schnee schämt sich vor ihnen seiner Farbe.
Ihre Schatten fallen in den durchsichtigen Jade-Teich, sie putzen ihr Gefieder zwischen den Edelsteinbäumen.
Während der Nacht sitzen sie ruhig im kalten Mondlicht, am Morgen schreiten sie gemächlich durch die abgefallenen Blüten.
Ich möchte in den Besitz dieser Vögel gelangen, möchte auf dem grünen Berge sitzend mit ihnen spielen.
Wenn Herr Hu sich von ihnen trennen und sie mir schenken könnte, möge er sie mir durch den Überbringer dieses Gedichtes in einem Käfig senden.

LI TAI-BO

Blick von der Terrasse

Hier auf der Fëng-Terrasse
hat einst der Vogel Fëng genistet.
Der Vogel Fëng ist fort, leer die Terrasse.
Der Yang-tse strömt.

Blumen und Gräser am Schloß der Wu
Haben die Wege überwachsen.
Von den stolzen Höflingen der Djin
Blieb nichts als ihre Gräber.

Drei Gipfel, halb verdeckt,
Wie aus blauem Himmel gefallen.
Zwei Wasserläufe, sie umschließen
Die Insel der weißen Reiher.

Tschang-an bleibt unsichtbar,
Weil von schwebenden Wolken
Die Sonne verdunkelt ward.
Das ist mein Kummer.

LI TAI-BO

Fluß im Schnee

Nun ist erstarrt der Vögel scheuer Flug
auf allen Fluren.
Verweht von Schnee auf allen Wegen sind
der Menschen Spuren.

Ein alter Mann allein, in seinem Kahn,
mit dichtem Schilfbehang und weitem Hut,
Sitzt einsam noch und angelt
in der verschneiten Flut.

LIU DSUNG-YÜAN

Der Vogel Seele kam und fiel in den Körper,
Wie meine Sünde mißfiel ihm sein Platz doch nicht.
Und bis zuletzt öffnet' er
Meines Lebens Fenster zum Licht.

Der Vogel Seele kam und fiel in den Körper,
Es zitterte jeder, jeder Korallenzweig –
Wo wohl verbarg sich die Seele?
Ich höre in mir keiner Füße Laut,
Sie singt keine Lieder.
Wo wohl verbarg sich die Seele?

Der Vogel Seele kam und fiel in den Körper,
Und ein Nest ward gebaut aus Abfall und Kehricht,
Sesam aus Nachbargärten,
Algen aus fernen Meeren wurden gebracht
Das Trommelfell spannte sich,
Rauschend begann mir das Licht aus den Augen zu strömen.

Der Vogel Seele kam und fiel in den Körper,
Und ein Nest ward gebaut aus Abfall und Kehricht.
Doch eines Tages,
Ganz unvermutet –
Der Vogel Seele hob sich aus mir in die Lüfte,
Sein Nest blieb hängen in den Korallenzweigen.
Der Vogel Seele hob sich aus mir in die Lüfte.
Sein Nest war noch warm.

BEDRI RAHMI

Wie sollte der Fisch sich nicht stürzen
vom Trocknen ins leuchtende Meer,
Wenn lockend die Stimme der Welle
zu ihm aus dem Ozean dringt?
Wie sollte der Falke zum Sultan
nicht eilen geschwind von der Jagd,
Sobald ihm die Trommel des Herrschers
den Ruf: »Kehr zurück zu mir!« bringt?
Nun fliege, nun fliege, du Vogel,
zu deinem Urgrund und Heim,
Vom Käfig bist du befreiet,
gebreitet dein Federkleid blinkt.
So reise vom brackigen Wasser
zum Wasser des Lebens geschwind.
Sorg, daß deine Seele vom Staube
zum Hochsitze wieder sich schwingt! . . .

RUMI

Sperling und Adler

Der Sperling:
Bin niedrig und bescheiden, bin unterdrückt und schwach –
Wie kommt's, daß dein Platz höher ist als der Sterne Dach?

Der Adler:
Du mußt dein Futter dir vom Staub des Weges picken;
Ich würde nicht einmal auf die neun Sphären blicken!

MUHAMMAD IQBAL

Tautropfen sinds nicht, die auf Rosen fallen –
Es sind die Tränen nur der Nachtigallen!

KAISER AKBAR

Wäre nicht ihr Schrei,
merkte man die Reiher nicht
im verschneiten Feld!

CHIYO-NI

Wenn die Nachtigall nicht mehr sänge,
wär' sie ein grüner Vogel bloß!

ONITSURA

Bist du denn fremd hierhergezogen –
    Ach, warum weinst du, Nachtigall?
Und hast ermattet dich verflogen?
    Ach, warum weinst du, Nachtigall?

Hast hohe Berge überschritten?
Bist über Flüsse tief geglitten?
Hast Trennung du vom Freund erlitten?
    Ach, warum weinst du, Nachtigall?

Ach, wie so bitter klingt dein Flehen!
Neu läßt du meinen Schmerz erstehen!
Du möchtest deinen Freund wohl sehen?
    Ach, warum weinst du, Nachtigall?

Du kannst doch deine Flügel breiten
Und kannst sie ja zum Fluge weiten
Und alle Schleier überschreiten!
    Ach, warum weinst du, Nachtigall?

Du wohnst im Lenz im Rosenhage,
Dir duften Blüten alle Tage,
Doch immer neu klingt deine Klage:
    Ach, warum weinst du, Nachtigall?

Ihr Augen, die im Schlafe ruhten,
Erwachend hebt ihr an zu bluten –
Mein Herz entbrennt in hellen Gluten –
    Ach, warum weinst du, Nachtigall?

YUNUS EMRE

Getäuscht hat sich die Taube

Getäuscht hat sich die Taube.
Sie hat sich getäuscht.

Um nach Norden zu fliegen, flog sie nach Süd.
Sie glaubte der Weizen sei Wasser.
Sie hat sich getäuscht.

Sie glaubte das Meer sei der Himmel,
die Nacht sei früher Morgen.
Sie hat sich getäuscht.

Die Sterne seien Tau,
die Hitze Schneegestöber.
Sie hat sich getäuscht.

Dein Rock sei deine Bluse,
in deinem Herzen sei ihr Nest.
Sie hat sich getäuscht.

(Sie schlief am Ufer. – Du
auf der Spitze eines Zweiges.)

RAFAEL ALBERTI

Vögel

Ein Paar Vögel noch immer
Aber wie ungleich jetzt
Einer gierig aufpickend
Den kleinen Lebensrest
Im warmen Laub
Der andere entflogen
Sein klarer Schatten
Gleitet übers Schneefeld
Zieht Kreise drei
Jeder ein wenig blasser
Kein Schrei aus den Wolken
Keine Feder herab.

MARIE LUISE KASCHNITZ

Tritte des Herbstes

Du lieber Herbst
Das Laub
Noch heiß vom Sommer
Und leuchtet feurig
Dann im Wind
Die feinen
Knöchernen Tritte
Zweigauf
Zweigab.

MARIE LUISE KASCHNITZ

Lerche über mir

Wie gut wir zusammen gehn, du und ich,
auf dem langen Weg!
Wie genau fühle ich dich
ganz im Unwirklichen über mir, Lerche!
Die Zweige brechen
das ewig granatfarbne Licht
des Sonnenuntergangs. Und wir gehn,
bis es fast ein Wunder ist
wenn wir stehn bleiben eines Tags,
und ein Abenteuer
wenn wir uns ewig vergessen.

RAMÓN GUIRAO

Neuer Frühling

I

Die schönen Augen der Frühlingsnacht,
Sie schauen so tröstend nieder:
Hat dich die Liebe so kleinlich gemacht,
Die Liebe sie hebt dich wieder.

Auf güner Linde sitzt und singt
Die süße Philomele;
Wie mir das Lied zur Seele dringt,
So dehnt sich wieder die Seele.

2

Ich lieb eine Blume, doch weiß ich nicht welche;
Das macht mir Schmerz.
Ich schau in alle Blumenkelche,
Und such ein Herz.

Es duften die Blumen im Abendscheine,
Die Nachtigall schlägt.
Ich such ein Herz so schön wie das meine,
So schön bewegt.

Die Nachtigall schlägt, und ich verstehe
Den süßen Gesang;
Uns beiden ist so bang und wehe,
So weh und bang.

HEINRICH HEINE

Neuer Frühling

V

»Im Anfang war die Nachtigall
Und sang das Wort: Züküht! Züküht!
Und wie sie sang, sproß überall
Grüngras, Violen, Apfelblüt.

Sie biß sich in die Brust, da floß
Ihr rotes Blut, und aus dem Blut
Ein schöner Rosenbaum entsproß;
Dem singt sie ihre Liebesglut.

Uns Vögel all in diesem Wald
Versöhnt das Blut aus jener Wund;
Doch wenn das Rosenlied verhallt,
Geht auch der ganze Wald zu Grund.«
. . .

HEINRICH HEINE

Die Kürze

. . .

Wie mein Glück, ist mein Lied. – Willst du im Abendrot
Froh dich baden? hinweg ists! und die Erd' ist kalt,
Und der Vogel der Nacht schwirrt
Unbequem vor das Auge dir.

FRIEDRICH HÖLDERLIN

Die Liebe

Das ist der alte Märchenwald!
Es duftet die Lindenblüte!
Der wunderbare Mondenglanz
Bezaubert mein Gemüte.

Ich ging fürbaß, und wie ich ging,
Erklang es in der Höhe.
Das ist die Nachtigall, sie singt
Von Lieb und Liebeswehe.

Sie singt von Lieb und Liebesweh,
Von Tränen und von Lachen,
Sie jubelt so traurig, sie schluchzet so froh,
Vergessene Träume erwachen. –

Ich ging fürbaß, und wie ich ging,
Da sah ich vor mir liegen,
Auf freiem Platz, ein großes Schloß,
Die Giebel hoch aufstiegen.

Verschlossene Fenster, überall
Ein Schweigen und ein Trauern;
Es schien, als wohne der stille Tod
In diesen öden Mauern.

Dort vor dem Tor lag eine Sphinx,
Ein Zwitter von Schrecken und Lüsten,
Der Leib und die Tatzen wie ein Löw,
Ein Weib an Haupt und Brüsten.

Ein schönes Weib! Der weiße Blick,
Er sprach von wildem Begehren;
Die stummen Lippen wölbten sich
Und lächelten stilles Gewähren.

Die Nachtigall, sie sang so süß –
Ich konnt nicht widerstehen –
Und als ich küßte das holde Gesicht,
Da wars um mich geschehen.

Lebendig ward das Marmorbild,
Der Stein begann zu ächzen –
Sie trank meiner Küsse lodernde Glut
Mit Dürsten und mit Lechzen.

Sie trank mir fast den Odem aus –
Und endlich, wollustheischend,
Umschlang sie mich, meinen armen Leib
Mit den Löwentatzen zerfleischend.

Entzückende Marter und wonniges Weh!
Der Schmerz wie die Lust unermeßlich!
Derweilen des Mundes Kuß mich beglückt,
Verwunden die Tatzen mich gräßlich.

Die Nachtigall sang: »O schöne Sphinx!
O Liebe! was soll es bedeuten,
Daß du vermischest mit Todesqual
All deine Seligkeiten?

O schöne Sphinx! O löse mir
Das Rätsel, das wunderbare!
Ich hab darüber nachgedacht
Schon manche tausend Jahre.«

HEINRICH HEINE

Frühlings Ankunft

Alle Vögel sind schon da,
Alle Vögel, alle!
Welch ein Singen, Musiziern,
Pfeifen, Zwitschern, Tireliern!
Frühling will nun einmarschiern,
Kommt mit Sang und Schalle.

Wie sie alle lustig sind,
Flink und froh sich regen!
Amsel, Drossel, Fink und Star
Und die ganze Vogelschar
Wünschet uns ein frohes Jahr,
Lauter Heil und Segen.

Was sie uns verkündet nun,
Nehmen wir zu Herzen:
Wir auch wollen lustig sein,
Lustig wie die Vögelein,
Hier und dort, feldaus, feldein
Singen, springen, scherzen!

HOFFMANN VON FALLERSLEBEN

Grün war die Weide,
Der Himmel blau,
Wir saßen beide
Auf glänzender Au.

Sind's Nachtigallen
Wieder, was ruft,
Lerchen, die schalle
Aus warmer Luft?

Ich hör' die Lieder,
Fern, ohne dich,
Lenz ist's wohl wieder,
Doch nicht für mich.

JOSEPH VON EICHENDORFF

Lied

Vöglein in den sonn'gen Tagen!
Lüfte blau, die mich verführen!
Könnt' ich bunte Flügel rühren,
Über Berg und Wald sie schlagen!

Ach! es spricht des Frühlings Schöne,
Und die Vögel alle singen:
Sind die Farben denn nicht Töne,
Und die Töne bunte Schwingen?

Vöglein, ja, ich lass' das Zagen!
Winde sanft die Segel rühren,
Und ich lasse mich entführen,
Ach! wohin? mag ich nicht fragen.

JOSEPH VON EICHENDORFF

Nacht

Mit Dämmerung und Amselschlag
Kommt aus den Tälern her die Nacht.
Die Schwalben ruhn, der lange Tag
Hat auch die Schwalben müd gemacht.

Durchs Fenster mit verhaltenem Klang
Geht meiner Geige milder Strich.
Verstehst du, schöne Nacht, den Sang
Mein altes Lied, mein Lied an dich?

Ein kühles Rauschen kommt vom Wald,
Daß mir das Herz erschauernd lacht,
Und leis mit freundlicher Gewalt
Besiegt mich Schlummer, Traum und Nacht.

HERMANN HESSE

Herbst

Ihr Vögel im Gesträuch,
Wie flattert euer Gesang
Den bräunenden Wald entlang –
Ihr Vögel, sputet euch!

Bald kommt der Wind, der weht,
Bald kommt der Tod, der mäht,
Bald kommt das graue Gespenst und lacht,
Daß uns das Herz erfriert
Und der Garten all seine Pracht
Und das Leben all seinen Glanz verliert.

Liebe Vögel im Laub,
Liebe Brüderlein,
Lasset uns singen und fröhlich sein,
Bald sind wir Staub.

HERMANN HESSE

Rechenstunde

Zwei und zwei sind vier
vier und vier sind acht
acht und acht sind sechzehn
Wiederholen! sagt der Lehrer
Zwei und zwei sind vier
vier und vier sind acht
acht und acht sind sechzehn
Aber da fliegt der Wundervogel
am Himmel vorbei
Das Kind sieht ihn
das Kind hört ihn
das Kind ruft ihn
Rette mich
spiel mit mir
Vogel!
Da schwebt der Vogel nieder
und spielt mit dem Kind
Zwei und zwei sind vier . . .
Wiederholen! sagt der Lehrer
und das Kind spielt
der Vogel spielt mit ihm
Vier und vier sind acht
acht und acht sind sechzehn
und wieviel sind sechzehn und sechzehn?
Sechzehn und sechzehn sind nichts
und erst recht nicht zweiunddreißig
denn das gibt ja keinen Sinn
also schwinden sie dahin
Und das Kind hat den Vogel in seinem Pult versteckt
und alle Kinder

hören sein Lied
und alle Kinder
hören die Musik
und nun verschwinden auch die Acht und Acht
und die Vier und Vier und die Zwei und Zwei
trollen sich
und eins und eins sind weder eins noch zwei
eins ums andre ziehn sie ab
Und der Wundervogel spielt
und das Kind singt
und der Lehrer schreit:
Wann hört ihr endlich mit dem Unsinn auf?
Aber alle Kinder
horchen auf die Musik
und die Wände des Klassenzimmers
sinken friedlich ein
Und die Fensterscheiben werden wieder Sand
die Tinte wird wieder Wasser
die Pulte werden wieder Bäume
die Kreide wird wieder Felsen
der Federhalter wird wieder Vogel.

JACQUES PRÉVERT

Die drei Spatzen

In einem leeren Haselstrauch
da sitzen drei Spatzen, Bauch an Bauch.

Der Erich rechts und links der Franz
und mitten drin der freche Hans.

Sie haben die Augen zu, ganz zu,
Und obendrüber da schneit es, hu!

Sie rücken zusammen dicht an dicht.
So warm wie der Hans hats niemand nicht.

Sie hören alle drei ihrer Herzlein Gepoch
Und wenn sie nicht weg sind, so sitzen sie noch.

CHRISTIAN MORGENSTERN

Diesen Morgen
habe ich mit dem liebenswürdigsten Sänger
gefrühstückt,
den ich kenne – einem Herrn Nachtigall.

UNBEKANNT

Drinnen

Das Fenster, das beste ist das Fenster.
Man kann statt der vier Wände
Wenigstens sehn wie die Vögel
vorbeifliegen.

ORHAN VELI KANIK

Hätt ich
die gewaltige faust
von Joe Louis
fürwahr ich würd
mir
einen
winzig
kleinen
colibri
halten

ERNST KEIN

Ich möchte diese Birke sein
Die du so liebst:
Hundert Arme hätt ich um dich zu schützen
Hundert grüne und sanfte Hände
Um dich zu streicheln!
Ich hätte die besten Vögel der Welt
Um dich bei Tagesanbruch zu wecken
Und am Abend zu trösten
In den Stunden des Sommers könnt ich dich
Unter Blumenblättern aus Sonne verschütten
In meinen Schatten hüllte ich zur Nacht
Deine ängstlichen Träume . . .
Ich wollte ich wär diese Birke
Zu deren Fuß sie dein Grab höhlen werden
Und die mit ihren Wurzeln
Dich noch umklammern wird

YVAN GOLL

Der Vogel hat gesungen.
Die Glocke hat geläutet.
Die Geranie
auf der Fensterbank
ist eben gestorben,
aber Sie
reden einfach weiter,
Fräulein Schmitt.

ALBERT CULLUM

Erlernter Beruf eines Vogels

1

Gut geschlafen hat der Vogel im Vogelhaus. Er öffnet
die Augen, er freut sich auf etwas sehr Schönes, er sagt:
Sehr schön sind Wasser und Körner, er frühstückt Wasser
und Körner. Das macht ihn fröhlich, er tanzt, er holt
seinen Hut, hebt die Flügel und fliegt.

2

Im Fliegen sagt er: Ich flieg über ein sehr schönes Land,
da unten frühstückt ein Mensch, ich werde ihm sagen:
Sehr schön ist ein Mensch, der ohne Pickelhaube frühstücken
kann, nicht minder ein Land, das den Menschen in jede
Vogelrichtung sprechen, schauen, frühstücken läßt.

3

So, sagt der Vogel, das war recht einfach gesagt, aber es
mußte gesagt sein, denn solche Klarstellung gehört ins
Kapitel der Freiheit, will sagen, zum erlernten Beruf
eines Vogels.

GÜNTER BRUNO FUCHS

Die Raben

Der Himmel ist so lang wie breit,
so klagen die vier Raben.
Der Schnee liegt tief, der Schnee liegt weit,
weiß liegen Berg und Graben.

Ein' Knochen hat der Nachbarshund,
sagt einer der vier Raben.
Das Wasser läuft mir in den Mund,
als hätt' es zwölf geschlagen.

Gibt keiner uns ein Stückchen Brot,
sagt einer der vier Raben,
sind wir schon übermorgen tot.
Der Schnee wird uns begraben.

Da machen sie die Flügel breit,
vier rabenschwarze Raben,
und fliegen fort und fliegen weit,
weit über Berg und Graben.

ELISABETH BORCHERS

Märchengeschichte

Es war einmal ein Habicht, und in der Nähe des Baumes, den er bewohnte, hatte eine Kröte ihr Versteck. Am Rand eines Brunnens.

Der Habicht ärgerte sich über die Kröte, weil sie immer mit dem gleichen Ausdruck in die Welt sah, und daraus schloß er, daß sie keinerlei Vorstellung von seiner Gewalt und Gefährlichkeit habe. So stürzte er sich eines Tages auf die Kröte, zerhackte und verschlang sie.

Der Besitzer des Gartens beobachtete die Szene. Nun war er ebenfalls ärgerlich, denn die Kröte hatte seinen Brunnen zu einem Märchenbrunnen gemacht, der ihn an die Kindertage erinnerte, an den Froschkönig.

Mit dem Gewehr gelang es ihm, diesen zerstörerischen Ärger, den Habicht, zu beseitigen. Nun kratzten bald des Nachbars Hühner ungeniert in seinem Garten. Das bewirkte, daß er des Nachbarn Feind wurde, so sehr, daß sie sich eines Tages vor den Schranken des Gerichts wiederfanden.

Der Richter ging den Dingen nach, weil er des Vorfalls wahren Grund zu finden wünschte. Alles endete bei der Märchenkröte.

Da erklärte der Richter den Besitzer des Brunnens für schuldig. Er sagte, daß Märchen zwar nicht verboten seien, doch wenn man sich ein Bild von ihnen mache in der Welt, stünde diesem kein offizieller Schutz zu.

ROBERT WOLFGANG SCHNELL

Eine Nachtigall fand unter den anderen Sängern des Waldes viele Neider, aber keinen Freund. Vielleicht finde ich ihn bei einer anderen Gattung, dachte sie und flog vertraulich zu dem Pfau herab.

»Schöner Pfau, ich bewundere dich!«

»Ich dich ebenso, liebe Nachtigall!«

»So laß uns Freunde sein«, sprach die Nachtigall weiter. »Wir werden uns gegenseitig nie beneiden. Du bist dem Auge so angenehm wie ich dem Ohr.«

Nachtigall und Pfau wurden Freunde.

GOTTHOLD EPHRAIM LESSING

Die Katze und der Vogel

Ein Dorf hört betrübt einen Vogel
Einen verwundeten Vogel singen
Es ist der einzige Vogel im Dorf
Und es war der einzigen Katze im Dorf
Gelungen ihn halb zu verschlingen
Und der Vogel hört zu singen auf
Die Katze hört zu schnurren auf
Und sich das Schnäuzchen zu lecken
Da richtet das Dorf ein Begräbnis aus
Eine herrliche Feier mit Totenschmaus
Die Katze aber ist eingeladen
Geht hinter dem Sarg her dem kleinen aus Stroh
Darin liegt der Vogel starr und tot
Der Sarg wird von einem Mädchen getragen
Das gar nicht mit Weinen aufhören kann
Hätt ich gewußt fängt die Katze da an
Daß dir sein Tod soviel Schmerz beschert
Ich hätte den Vogel ganz verzehrt
Und hätte dir hinterher erzählt
Ich hätt gesehn er sei fortgeflogen
Fort bis ans Ende der Welt
Dorthin wo es so fern ist und weit
Daß keiner mehr jemals wiederkehrt
Dann hättest du jetzt nicht solch Herzeleid
Wärst höchstens ein bißchen traurig
Nun
Man soll eben nichts zur Hälfte tun.

JACQUES PRÉVERT

Aus freundlichen Büchern

für Carl Hanser

Als in den Parkanlagen
vor dem Leipziger Hauptbahnhof
am siebten Januar 1930
abends
zwischen 21 und 22 Uhr
im Schein
zahlreicher Laternen
die erste Amsel
klangrein, erfindungsreich
und sehr begabt
einen Menschen ergötzte, der
sein Leben lang
Bücher gebunden, einen thüringischen
Handwerker, pensioniert (er wollte
eine Fahrkarte lösen zu seinen Enkeln
nach Jena), sah er
sich um, sah
den ersten
Tag seiner Lehrzeit, den Singvogel
sah er, die Amsel
steigen
aus freundlichen
Büchern.

GÜNTER BRUNO FUCHS

Mein Vater hat gesagt,
Ich soll das Kindlein wiegen,
Er will mir auf den Abend
Drei Gaggeleier sieden;
Siedt er mir drei,
Ißt er mir zwei,
Und ich mag nicht wiegen
Um ein einziges Ei.

Mein Mutter hat gesagt,
Ich soll die Mägdlein verraten,
Sie wollt mir auf den Abend
Drei Vögelein braten;
Brät sie mir drei,
Ißt sie mir zwei,
Um ein einziges Vöglein
Treib ich kein Verräterei.

Mein Schätzlein hat gesagt,
Ich soll sein gedenken,
Er wöllt mir auf den Abend
Drei Küßlein auch schenken;
Schenkt er mir drei,
Bleibt's nicht dabei,
Was kümmert michs Vöglein,
Was schiert mich das Ei.

UNBEKANNT

Volkslied

Wenn ich zwei Vöglein wär,
Und auch vier Flügel hätt,
Flög die eine Hälfte zu dir.
Und die andere, die ging auch zu Bett,
Aber hier zu Haus bei mir.

Wenn ich einen Flügel hätt
Und gar kein Vöglein wär,
Verkaufte ich ihn dir
Und kaufte mir dafür ein Klavier.

Wenn ich kein Flügel wär
(Linker Flügel beim Militär)
Und auch keinen Vogel hätt,
Flög ich zu dir.
Da 's aber nicht kann sein,
Bleib ich im eignen Bett
Allein zu zwein.

JOACHIM RINGELNATZ

Es wird nie ein Mensch fliegen
Sagte der Bischof den Leuten.

BERTOLT BRECHT

Nachwort

Ich habe mancherlei Bücher aufgeschlagen, um mehr über die vielstimmigen Vogelgedichte zu erfahren; zum Beispiel »Das Buch der Natur« aus dem 14. Jahrhundert von dem Regensburger Kanoniker Konrad von Megenberg. Schließlich ist es die erste in deutscher Sprache geschriebene Naturgeschichte, das einflußreichste naturwissenschaftliche Lehr- und Handbuch des späten Mittelalters im gesamten deutschen Raum. Beispielhaft in der vorliegenden Versammlung der Vögel habe ich den Adler zitiert, von dem Augustus sagte, er sei der edelste Vogel und ein König aller Vögel, was durchaus auch heute noch gelten kann.

Doch heute und hierzulande gilt unsere Vorliebe anderen Vogelarten, ob nun Amsel, Drossel, Fink und Star; vor allem aber der Nachtigall, der Meistersopranistin, die nicht nur stimmlich die Welt verschönert hat, auch Heerscharen von Dichtern inspirierte und immer noch inspiriert.

Annemarie Schimmel schreibt in ihrem Buch »Nimm eine Rose und nenne sie Lieder. Poesie der islamischen Völker«: Die klassische arabische Dichtung sei berühmt für die detaillierten Beschreibungen von Kamelen und edlen Rossen, die die Helden durch die Wüste trugen ...; doch auch Wölfe, Wüstenvögel und tiergestaltige Geister bevölkerten jene Poesie. Das häufigste Motiv aber sei das des Seelenvogels, vor allem der Nachtigall, die in tausend und abertausend Versen in der Liebeslyrik um die Rose »Gul« besungen wird: Seele, die sich nach dem ewig schönen Geliebten sehnt.

Der abendländische Dichter, der wieder und immer wieder für uns die Nachtigall herbeizaubert, ist Heinrich Heine. Ja, er geht so weit, zu schreiben:

Im Anfang war die Nachtigall
Und sang das Wort: Zükühт! Zükühт!
Und wie sie sang, sproß überall
Grüngras, Violen, Apfelblüt.

Wohl wissend, daß es bei diesen beseligenden, schöpferischen Fähigkeiten nicht bleiben kann, heißt es weiterhin:

Sie biß sich in die Brust, da floß
Ihr rotes Blut, und aus dem Blut
Ein schöner Rosenbaum entsproß;
Dem singt sie ihre Liebesglut.

Und damit ist der Beleg erbracht, daß die Nachtigall ein Synonym für Liebesfreud und Liebesleid ist. Heine sollte posthum der Nachtigallen-Orden verliehen werden. Und wünschenswert wäre, diese Protagonistin begriffe, wie sie ihren Dank abzustatten habe, indem sie Heines Grab auf dem Friedhof von Montmartre mit Liedern überhäuft.

Lerchen, selbst Spatzen bevölkern unsere Volieren. Ramón Guirao schreibt ein Gedicht zur »Lerche über mir«. Ich kannte den Autor nicht, bevor ich die »Rose aus Asche« las, herausgegeben und übersetzt von Erwin Walter Palm. Dieses Vogelgedicht aber habe ich nicht mehr vergessen können, es ist mir unvergeßlicher als das im gleichnamigen Buch zu findende, weltbekannte Gedicht von Rafael Alberti »Getäuscht hat sich die Taube«. Ramón Guirao vollbringt es, die Lerche im Unwirklichen so wirklich zu machen, daß das »ewig granatfarbene Licht des Sonnenuntergangs« sichtbar wird, daß wir vom Wunder überzeugt werden, eines Tages geschähe das Abenteuer, und wir vergessen einander ewig.

Hesse überträgt seine, des Menschen Müdigkeit:

Mit Dämmerung und Amselschlag
Kommt aus den Tälern her die Nacht.
Die Schwalben ruhn, der lange Tag
Hat auch die Schwalben müd gemacht.

Und er wird zum heiligen Franziskus, wenn er schreibt:

Liebe Vögel im Laub,
Liebe Brüderlein,
Lasset uns singen und fröhlich sein,
Bald sind wir Staub.

Jaques Prévert macht für die Kinder aus der leidigen Rechenstunde eine Zauberwerkstatt: Der Lehrer verliert seine Realität, das ganze Einmaleins wird zum Lied, da hilft auch das Schreien des Lehrers nichts, es hat lediglich den Anfang gemacht: Die Wände sinken ein, die Fensterscheiben werden wieder Sand, die Tinte wird wieder Wasser, der Federhalter wird wieder Vogel. Und die ganze, dem Kinde unverständliche Welt ist verschwunden.

Lessing, ein Meister der Fabel, bittet die Nachtigall, ihm bei der Lehre für uneinsichtige Menschen behilflich zu sein; Robert Wolfgang Schnell zeigt an, daß einem Märchen offizieller Schutz nicht zustehe. Und Ringelnatz erdreistet sich, dem rührseligen Volkslied alle Rührseligkeit zu nehmen, wenn es heißt:

Wenn ich zwei Vöglein wär,
Und auch vier Flügel hätt,
Flög die eine Hälfte zu dir.

Nicht erst in unserer Lebenszeit nehmen die Dichter diesen oder jenen Vogel zum Anlaß, ihre Geschichte, ihre Gedanken festzuhalten. Li Tai-Bo (701-762 n. Chr.), aus der Tang-Dyna-

stie, von Günter Eich übertragen, hat den Blick auf die Terrasse festgehalten; er demonstriert den auch heute noch gültigen Gang des Lebens. Tschang-an ist der Ort, von dem Li Tai-Bo verbannt war, doch wir kennen den Kummer, wenn uns Wolken die Sonne verdunkeln oder was Heimweh heißt.
Liu Dsung-Yüan (773-819 n. Chr.) entwirft uns den »Fluß im Schnee«:

Nun ist erstarrt der Vögel scheuer Flug
auf allen Fluren.
. . .
Ein alter Mann allein, in seinem Kahn,
mit dichtem Schilfbehang und weitem Hut,
Sitzt einsam noch und angelt
in der verschneiten Flut.

Ja, doch, wir kennen diesen Anflug von Schmerz, wenn wir einen Blick auf dieses Bild des alten Mannes werfen, dessen Einsamkeit uns voraus ist.

Genug der Tagvögel. Vier Hölderlin-Zeilen wollen mir nicht aus dem Sinn:

Wie mein Glück, ist mein Lied. – Willst du im Abendrot
Froh dich baden? hinweg ists! und die Erd' ist kalt,
Und der Vogel der Nacht schwirrt
Unbequem vor das Auge dir.

»Unbequem« sagt Hölderlin. Gemeint aber ist wohl: erschrekkend, hoffnungslos, tödlich.

Wir danken den Vögeln nicht nur für ihren Flug, der uns bis ins Unendliche übertrifft, für den Gesang, auch dafür, daß sie uns ein Bild sind, wenn uns die Sprache nicht ausreicht.

Elisabeth Borchers

Quellenverzeichnis

ANNA ACHMATOWA (1889 bei Odessa geboren, gestorben 1966 in Moskau)
Fragt' beim Kuckuck an, dem Weisen, S. 24
Aus: Das Echo tönt. Ausgewählte Gedichte, ausgewählt und übertragen von Xaver Schaffgotsch. © 1964 by Limes Verlag in der F. A. Herbig Verlagsbuchhandlung GmbH, München.

KAISER AKBAR (Lebte von 1542 bis 1605 in Indien)
Tautropfen sinds nicht (übersetzt von Annemarie Schimmel), S. 38
Aus: Lyrik des Ostens, hg. von Wilhelm Gundert, Annemarie Schimmel, Walter Schubring, München: Carl Hanser Verlag 1978.

RAFAEL ALBERTI (1902 in El Puerto de Santa Maria/Spanien geboren, dort gestorben 1999)
Getäuscht hat sich die Taube, S. 41
Aus: Rose aus Asche. Spanische und spanisch-amerikanische Gedichte 1900-1950, hg. und übertragen von Erwin Walter Palm, Frankfurt am Main: Suhrkamp Verlag 1981.

INGEBORG BACHMANN (1926 in Klagenfurt geboren, gestorben 1973 in Rom)
Ich glaube, daß die Liebenden gerechterweise in die Luft fliegen (Auszug aus: Der gute Gott von Manhattan), S. 18; *Mein Vogel*, S. 19
Aus: Werke Band 1. © Piper Verlag GmbH, München 1978.

ELISABETH BORCHERS (1926 in Homberg/Niederrhein geboren, lebt in Frankfurt am Main)
Als die Eule, S. 22; *Grabgedicht*, S. 22
Aus: Alles redet, schweigt und ruft, Frankfurt am Main: Suhrkamp Verlag 2001.
Die Raben, S. 61
Aus: Das Insel-Buch für Kinder, Frankfurt am Main: Insel Verlag 1979.

BERTOLT BRECHT (1898 in Augsburg geboren, gestorben 1956 in Berlin)
Es wird nie ein Mensch fliegen (Auszug aus: Ulm 1592), S. 68
Aus: Werke. Große kommentierte Berliner und Frankfurter Ausgabe, hg. v. Werner Hecht, Jan Knopf, Werner Mittenzwei, Klaus-Detlef Müller, Band 12, Gedichte 2. Sammlungen 1938-1956, Frankfurt am Main: Suhrkamp Verlag 1988.

PAUL CELAN (1920 in Czernowitz/Bukowina geboren, gestorben 1970 in Paris)
Er hatte in der Stadt Paris, S. 16
Aus: Die Gedichte aus dem Nachlaß, hg. v. Bertrand Badiou, Jean-Claude Rambach und Barbara Wiedemann, Frankfurt am Main: Suhrkamp Verlag 1997.

CHIYO-NI (Lebte von 1701 bis 1775 in Japan)
Wäre nicht ihr Schrei, S. 39
Aus: Japanische Jahreszeiten. Tanka und Haiku aus dreizehn Jahrhunderten. Aus dem Japanischen übertragen von Gerolf Coudenhove. © Manesse Verlag, Zürich 1963.

ALBERT CULLUM (geboren 1921 in New York, dort gestorben 2003)
Der Vogel hat gesungen, S. 59
Aus: Die Geranie auf der Fensterbank ist eben gestorben aber Sie reden einfach weiter Fräulein Schmitt. Deutscher Text von Elisabeth Borchers, Frankfurt am Main: Insel Verlag 1972.

HILDE DOMIN (1912 in Köln geboren, lebt in Heidelberg)
Tauben im Regen, S. 31; *Eskimovogel*, S. 32
Aus: Gesammelte Gedichte, Frankfurt am Main: S. Fischer Verlag GmbH 1987.

GÜNTER EICH (1907 in Lebus/Oder geboren, gestorben 1972 in Salzburg)
Der Große Lübbe-See, S. 26; *In anderen Sprachen*, S. 27
Aus: Botschaften des Regens. Gedichte, Frankfurt am Main: Suhrkamp Verlag 1955.

JOSEPH VON EICHENDORFF (1788 in Lubowitz/Oberschlesien geboren, gestorben 1857 in Neiße)
Grün war die Weide (Auszug aus: Der verliebte Reisende), S. 51; *Lied* (I.), S. 52
Aus: Liebesgedichte, hg. v. Wilfried Lutz, Frankfurt am Main und Leipzig: Insel Verlag 2000.

YUNUS EMRE (Lebte ca. 1238 bis 1320 in der Türkei)
Bist du denn fremd hierhergezogen –, S. 40
Aus: Nimm eine Rose und nenne sie Lieder. Poesie der islamischen Völker, hg. v. Annemarie Schimmel, Frankfurt am Main und Leipzig: Insel Verlag 1995.

WALTER HELMUT FRITZ (1929 in Karlsruhe geboren, lebt dort)
Zum Kuckuck, S. 21
Aus: Werkzeuge der Freiheit, Hamburg: Hoffmann und Campe Verlag 1983.

GÜNTER BRUNO FUCHS (1928 in Berlin geboren, dort gestorben 1977)
Erlernter Beruf eines Vogels, S. 60; *Aus freundlichen Büchern*, S. 65
Aus: Das Lesebuch des Günter Bruno Fuchs, © 1970 Carl Hanser Verlag München – Wien 1970.

YVAN GOLL (1891 in Saint-Dié geboren, gestorben 1950 in Neuilly)
Ich möchte diese Birke sein, S. 59
Aus: Die Lyrik in vier Bänden. Band II. Liebesgedichte 1917-1950, hg. u. kommentiert v. Barbara Glauert-Hesse im Auftrag der Fondation Yvan et Claire Goll, Saint Dié-des-Vosges. © 1996 Argon Verlag GmbH, Berlin, S. 117. Alle Rechte bei und vorbehalten durch Wallstein Verlag, Göttingen.

RAMÓN GUIRAO (1908 in Havanna/Kuba geboren, dort gestorben 1949)
Lerche über mir, S. 43
Aus: Rose aus Asche, Spanische und spanisch-amerikanische Gedichte 1900-1950, hg. und übertragen von Erwin Walter Palm, Frankfurt am Main: Suhrkamp Verlag 1981.

HEINRICH HEINE (1797 in Düsseldorf geboren, gestorben 1856 in Paris)
Neuer Frühling (1, 2), S. 44; *Neuer Frühling* V, S. 45; *Die Liebe*, S. 47
Aus: Sämtliche Gedichte in zeitlicher Folge, hg. v. Klaus Briegleb, Frankfurt am Main und Leipzig: Insel Verlag 1993.

HERMANN HESSE (1877 in Calw/Württemberg geboren, gestorben 1962 in Montagnola/Tessin)
Nacht, S. 53; *Herbst*, S. 54
Aus: Die Gedichte, hg. v. Volker Michels, Frankfurt am Main und Leipzig: Insel Verlag 2002.

DIETER HOFFMANN (1934 in Dresden geboren, lebt in Ebersbrunn/Unterfranken)
Der Eisvogel, S. 28; *Kleiner toter Vogel*, S. 29
Aus: Engel am Pflug, Gedichte, Mainz: Hase & Koehler Verlag 1984.

AUGUST HEINRICH HOFFMANN VON FALLERSLEBEN (1798 in Fallersleben geboren, gestorben 1874 in Corvey)
Frühlings Ankunft, S. 50
Aus: Deutsche Gedichte aus zwölf Jahrhunderten, hg. v. Hans-Joachim Simm, Frankfurt am Main und Leipzig: Insel Verlag 2000.

FRIEDRICH HÖLDERLIN (1770 in Lauffen geboren, gestorben 1843 in Tübingen)
Die Kürze, S. 46
Aus: Die Gedichte. Sämtliche Gedichte und »Hyperion«, hg. v. Jochen Schmidt, Frankfurt am Main und Leipzig: Insel Verlag 1999.

RICARDA HUCH (1864 in Braunschweig geboren, gestorben 1947 in Schönberg/Taunus)
Wie die zierlichen Schwalben sich rüsten, S. 24
Aus: Gesammelte Gedichte, Leipzig: Insel Verlag (mit H. Haessel) 1929.

MUHAMMAD IQBAL (Lebte von 1877 bis 1938 in Pakistan)
Sperling und Adler, S. 38
Aus: Nimm eine Rose und nenne sie Lieder. Poesie der islamischen Völ-

ker, hg. v. Annemarie Schimmel, Frankfurt am Main und Leipzig: Insel Verlag 1995.

ORHAN VELI KANIK (1914 in Istanbul geboren, dort gestorben 1950)
Drinnen, S. 58
Aus: Poesie. Aus dem Türkischen von Yüksel Pazarkaya und Helmut Mader, Frankfurt am Main: Suhrkamp Verlag 1966.

MARIE LUISE KASCHNITZ (1901 in Karlsruhe geboren, gestorben 1974 in Rom)
Mensch Vogel und Fisch, S. 7, *Vögel*, S. 42, *Tritte des Herbstes*, S. 42
Aus: Gedichte, ausgewählt und mit einem Nachwort versehen von Elisabeth Borchers, Frankfurt am Main und Leipzig: Insel Verlag 2002.

ERNST KEIN (1928 in Wien geboren, dort gestorben 1985)
Hätt ich die gewaltige faust, S. 58
Aus: Ein Fisch mit Namen Fasch und andere Gedichte und Geschichten von Menschen und anderen Menschen. Zusammengestellt von Elisabeth Borchers, Frankfurt am Main: Insel Verlag 1976.

GOTTHOLD EPHRAIM LESSING (1729 in Kamenz geboren, gestorben 1781 in Braunschweig)
Eine Nachtigall fand unter den anderen Sängern (Auszug aus: Die Nachtigall und der Pfau), S. 63
Aus: Das große Fabelbuch. Neubearbeitung von Käthe Recheis, Wien/Heidelberg: Verlag Carl Ueberreuter 1965.

LIU DSUNG-YÜAN (Lebte von 773 bis 819 in China)
Fluß im Schnee (übersetzt von Günther Debon), S. 35
Aus: Lyrik des Ostens, hg. v. W. Gundert, A. Schimmel, W. Schubring, München: Carl Hanser Verlag 1978.

LI TAI-BO (Lebte von 701 bis 762 in China)
Seiner Hochwürden Hu vom Huang-Schan angeboten. Mit der Bitte um seine beiden weißen Kraniche, S. 33
Aus: Chinesische Gedichte aus drei Jahrtausenden, hg. v. Andreas Do-

nath, aus dem Chinesischen von Erwin Ritter von Zach, Frankfurt am Main: S. Fischer Verlag 1965.
Blick von der Terrasse (übersetzt von Günter Eich), S. 34
Aus: Lyrik des Ostens, hg. v. W. Gundert, A. Schimmel, W. Schubring, München: Carl Hanser Verlag 1978.

FRIEDERIKE MAYRÖCKER (1924 in Wien geboren, lebt dort)
auf drahtlosem Weg, S. 25
Aus: Winterglück. Gedichte 1981-1985, Frankfurt am Main: Suhrkamp Verlag 1986.

KONRAD VON MEGENBERG (1309 in Mähenberg geboren, gestorben 1374 in Regensburg)
Von dem Adler, S. 11
Aus: Buch der Natur, ins Neuhochdeutsche übertragen von Gerhard E. Sollbach, Frankfurt am Main und Leipzig: Insel Verlag 1990.

ERNST MEISTER (1911 in Hagen geboren, dort gestorben 1979)
Sagt, Vogelgeister, S. 15
Aus: Gedichte 1932-64, Neuwied/Berlin: Luchterhand Verlag GmbH 1964.

CHRISTIAN MORGENSTERN (1871 in München geboren, gestorben 1914 in Meran)
Die drei Spatzen, S. 57
Aus: Gedichte in einem Band, hg. v. Reinhardt Habel, Frankfurt am Main und Leipzig: Insel Verlag 2003.

PABLO NERUDA (1904 in Parral/Chile geboren, gestorben 1973 in Santiago de Chile)
Die Vögel erscheinen, S. 8; *und die Taube aus Blut*, S. 14 (Auszug aus: Der Tango des Witwers); *Du singst in deiner Sprache, die die Vögel erfindet*, S. 14
Aus: Dichtungen 1919-1965 Bd. I, hg. und übertragen von Erich Arendt, Neuwied/Berlin: Luchterhand Verlag GmbH 1967. © 1984-86 by Nachlass von Pablo Neruda, Das lyrische Werk, deutschsprachige Ausgabe

erschien im Luchterhand Literaturverlag, München, einem Unternehmen der Verlagsgruppe Random House, GmbH.

FRIEDRICH NIETZSCHE (1844 in Röcken/Sachsen geboren, gestorben 1900 in Weimar)
Vogel Albatros, S. 13
Aus: Gedichte, hg. v. Ralph Kray und Karl Riha, unter Mitarbeit von Mario Leis, Frankfurt am Main und Leipzig: Insel Verlag 1994.

JOSÉ F. A. OLIVER (1961 in Hausach geboren, lebt dort)
finnischer wintervorrat, S. 30
Erstdruck.

ONITSURA (Lebte von 1661 bis 1738 in Japan)
Wenn die Nachtigall, S. 39
Aus: Japanische Jahreszeiten. Tanka und Haiku aus dreizehn Jahrhunderten, aus dem Japanischen übertragen von Gerolf Coudenhove, © Manesse Verlag, Zürich 1963.

JACQUES PRÉVERT (1900 in Neuilly-sur-Seine geboren, gestorben 1977 in Omoville-la-Petite)
Rechenstunde, S. 55
Aus: Gedichte und Chansons. Deutsche Übersetzung von Kurt Kusenberg, Copyright © 1962 by Rowohlt Taschenbuch Verlag GmbH, Reinbek bei Hamburg.
Die Katze und der Vogel, S. 64
Aus: Das Insel-Buch für Kinder, ausgewählt von Elisabeth Borchers, Frankfurt am Main: Insel Verlag 1979.

BEDRI RAHMI (1911 in Rize/Türkei geboren, gestorben 1975 in Istanbul)
Der Vogel Seele kam und fiel in den Körper, S. 36
Aus: Nimm eine Rose und nenne sie Lieder. Poesie der islamischen Völker, hg. v. Annemarie Schimmel, Frankfurt am Main und Leipzig: Insel Verlag 1995.

KLAUS REICHERT (1938 in Fulda geboren, lebt in Frankfurt am Main)
Alter Sänger, S. 23
Aus: Wär ich ein Seeheld. Gedichte, Salzburg: Verlag Jung und Jung 2001.

JOACHIM RINGELNATZ (1883 in Wurzen bei Leipzig geboren, gestorben 1934 in Berlin)
Volkslied (Wenn ich zwei Vöglein wär), S. 67
Aus: Das Gesamtwerk in sieben Bänden, Copyright © 1994 Diogenes Verlag AG Zürich.

RUMI (1207 in Wakhsh/Tadschikistan geboren, gestorben 1273 in Konya/Anatolien)
Wie sollte der Fisch sich nicht stürzen, S. 37
Aus: Nimm eine Rose und nenne sie Lieder. Poesie der islamischen Völker, hg. v. Annemarie Schimmel, Frankfurt am Main und Leipzig: Insel Verlag 1995.

ROBERT WOLFGANG SCHNELL (1916 in Barmen geboren, gestorben 1986 in Berlin)
Märchengeschichte, S. 62
Aus: Muzes Flöte, Neuwied/Berlin: Luchterhand Verlag GmbH 1966.

UNBEKANNT
Mein Vater hat gesagt (Auszug aus: Hat gesagt – bleibt's nicht dabei), S. 66
Aus: Des Knaben Wunderhorn. Alte deutsche Lieder, gesammelt von Achim von Arnim und Clemens Brentano, hg. v. Heinz Rölleke, Frankfurt am Main und Leipzig: Insel Verlag 2003.

UNBEKANNT
Diesen Morgen, S. 56
Aus: Ein Fisch mit Namen Fasch und andere Gedichte und Geschichten von Menschen und anderen Menschen. Zusammengestellt von Elisabeth Borchers, Frankfurt am Main: Insel Verlag 1976.

JOCHEN WINTER (1957 in Schwetzingen geboren, lebt in Paris)
Eremitisch, S. 17
Aus: Die diamantene Stunde. Gedichte, Berlin: Agora Verlag 1989.

Das Bildmaterial für diesen Band wurde entnommen: ›Tierkunde‹, Bd. 1,2, von Dr. Walter Wüst, erschienen im Bayerischen Schulbuchverlag und ›Die Vögel Europas‹ von John Gould, Bibliothek des Natural History Museum, London.

Inhalt

Insel Verlag Frankfurt am Main und Leipzig 2004

Typografie: Rolf Staudt.
Bezugspapier: Fantasiepapier, Deutschland, um 1895.
Deutsches Buch- und Schriftmuseum der Deutschen Bücherei Leipzig,
Inventar-Nr. AE 24499 (Sammlung Seegers).
Gesetzt in der Schrift Caslon
und gedruckt auf holzfreies, alterungsbeständiges
mattgestrichenes Papier der Firma Geese, Hamburg,
vom Memminger MedienCentrum.
Gebunden in Fadenheftung
von der Buchbinderei Spinner, Ottersweier.
Printed in Germany
Erste Auflage 2004
ISBN 3-458-19250-6

3 4 5 6 – 09 08 07 06